Analyse de l'œuvre

Par Julie Delcourt

Quand nos souvenirs viendront danser

Virginie Grimaldi

lePetitLittéraire.fr

Analyse de l'œuvre

Par Julie Delcourt

Quand nos souvenirs viendront danser

Virginie Grimaldi

lePetitLittéraire.fr

Rendez-vous sur lepetitlitteraire.fr et découvrez :

Plus de 1200 analyses
Claires et synthétiques
Téléchargeables en 30 secondes
À imprimer chez soi

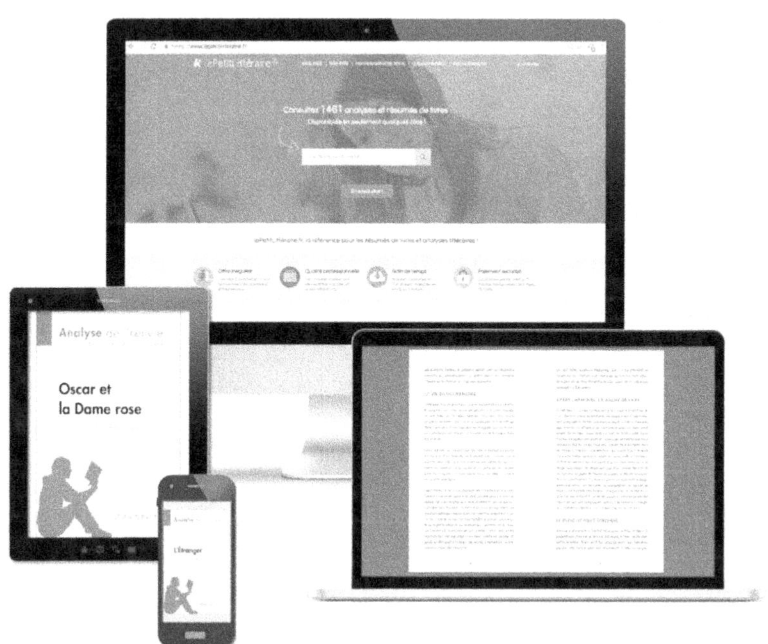

QUAND NOS SOUVENIRS VIENDRONT DANSER

UN HYMNE À LA VIE

- **Genre :** roman
- **Édition de référence :** *Quand nos souvenirs viendront danser*, Paris, Fayard, Livre de Poche, 2019, 345 p.
- **1ʳᵉ édition :** 2019
- **Thématiques :** l'amour, l'amitié, la vieillesse, le temps qui passe, la mort, la maladie, le patriarcat, les relations familiales et amicales

Marceline et Anatole ont emménagé impasse des Colibris, 6, à Trodilan, en 1955. L'odeur de la peinture fraiche et les projets à venir n'ont jamais été aussi enivrants. Le couple entame paisiblement sa vie et se noue d'amitié avec ses voisins. Les années passent, les moments de la vie aussi, certains heureux, d'autres plus douloureux. Plusieurs dizaines d'années plus tard, les choses ont bien changé. Les haies ont poussé entre chaque jardin des habitants de l'impasse des Colibris. Ils ne communiquent qu'en cas de nécessité absolue. Quand Didier, le maire de Trodilan annonce qu'il va raser l'impasse, les voisins mettent leur rancœur de côté et décident de s'unir pour sauvegarder leur passé, leur mémoire et leur vie. À travers le récit de leur combat, Marceline raconte une magnifique histoire d'amour, les secrets de toute une famille et la force des liens qui tissent une amitié.

Les personnages âgés occupent une place centrale dans *Quand nos souvenirs viendront danser*, et tout particulièrement Marceline. Une telle prise de position peut se comprendre quand on sait que c'est la grand-mère de Virginie Grimaldi qui lui a donné le gout et l'envie d'écrire, de devenir romancière. Son aïeul s'érige en véritable figure exemplaire de laquelle l'écrivaine puise son inspiration et ses histoires. *Quand nos souvenirs viendront danser* est un hommage à la grand-mère de Virginie Grimaldi.

À l'instar des autres écrits de l'écrivaine, le roman a reçu un accueil fulgurant de la part des lecteurs et s'est mué en un véritable bestseller. Il s'inscrit dans la tendance de plusieurs courants littéraires contemporains comme la *chick lit* et la littérature *feel good*. L'amour, la vie quotidienne, les relations familiales et amicales sont des thématiques que l'on retrouve dans *Quand nos souvenirs viendront danser* et qui le font appartenir à la littérature *feel good*. Le roman est 100 % féminin, Marceline en est à la fois le personnage féminin principal et la narratrice, ce qui le fait s'apparenter au genre de la *chick lit*.

VIRGINIE GRIMALDI

UNE ÉCRIVAINE À LA PLUME SENSIBLE

- **Né en 1977, à Bordeaux**
- **Quelques-unes de ses œuvres :**
  - *Le premier jour du reste de ma vie* (2015), roman
  - *Tu comprendras quand tu seras plus grande* (2017), roman
  - *Il est grand temps de rallumer les étoiles* (2018), roman

Virginie Grimaldi est née dans les années 1970 en France et elle se passionne pour l'écriture depuis sa plus tendre enfance. L'envie d'écrire lui vient en lisant les carnets de poèmes de sa grand-mère, c'est ainsi qu'elle trouve l'inspiration et rédige un premier brouillon de roman à l'âge de 8 ans.

En 2009, l'auteure partage enfin ses écrits en créant le blog « Femme Sweet Femme » où elle rédige des billets humoristiques, des textes et réflexions sur la vie quotidienne sous le pseudonyme de « Ginie ». Ce blog gagne en popularité et lui permet de se lancer dans l'écriture de son premier roman, *Le premier jour du reste de ma vie*, en 2015. Elle enchaine avec *Tu comprendras quand tu seras plus grande* (2016), *Le parfum du bonheur est plus fort sous la pluie* (2017), *Il est grand temps de rallumer les étoiles* (2018), *Quand nos souvenirs viendront danser* (2019), *Et que ne durent que les moments doux* (2020) et *Les Possibles* (2021).

En 2020, l'écrivaine figurait à la deuxième place du classement des 10 romanciers français qui ont vendu le plus de livres dans le pays d'après le palmarès Figaro/GFK.

Traduits dans plus de vingt langues, les textes de Virginie Grimaldi sont portés par des personnages émouvants et une plume poétique et sensible. Ses histoires, drôles et touchantes, font écho à la vie de chacun. « J'aime que le quotidien soit léger, rieur et doux. Sans doute parce que c'est ce qui me permet d'équilibrer la part plus grave et anxieuse qui se niche tout au fond de moi » (Carobookine 2016).

La plupart des romans de l'écrivaine sont devenus des bestsellers et présentent des caractéristiques communes qui permettent de les inscrire dans des catégories littéraires. Avec des personnages et des narrations 100 % féminines, de l'humour et de l'autodérision, l'œuvre se classe dans le genre littéraire de la *chick lit*, un mouvement originaire du monde anglophone et dont les romans phares sont les célèbres *Journal Intime de Bridget Jones* d'Helen Fielding et *Le Diable s'habille en Prada* de Lauren Weisberger.

Avec leurs intrigues amoureuses, leur récit de la vie quotidienne ponctuée d'aléas et leur positivité, les textes de Virginie s'inscrivent par ailleurs dans la catégorie littéraire dite « feel good », aux côtés d'autres auteures françaises comme Agnès Martin-Lugand, Raphaëlle Giordano, Aurélie Valognes ou encore Sophie Tal Men.

RÉSUMÉ

Dans *Quand nos souvenirs viendront danser*, le récit est ponctué de flashbacks (aussi appelés « analepses ») qui permettent de le rattacher à deux temporalités différentes de la vie de Marceline : celle du passé (de 1950 au temps où elle raconte son histoire) et celle du présent. Pour plus de simplicité et pour faciliter la compréhension de l'histoire de l'héroïne et des voisins de l'Impasse des Colibris, le résumé se divise selon ces deux temporalités.

Le passé

1955. Marceline et Anatole emménagent à l'Impasse des Colibris, n° 1. Le jeune couple apprend à connaitre ses voisins et ils se lient d'amitié. Marius, Gustave et sa femme, Joséphine et Gaston, Rosalie ainsi que Marceline et Anatole se retrouvent tous à un endroit bien particulier, sur la place, où ils ont construit un banc et partagent des moments de vie ensemble.

La vie bat son plein, les voisins partagent des drames comme la maladie ou la perte d'un proche et des moments de joie.

1960. Après plusieurs fausses couches, Marceline accouche d'une petite fille, Corinne. Les journées se ressemblent pour la jeune maman qui reste à la maison tandis qu'Anatole travaille. Elle va danser en cachette avec Rosalie, sans qu'Anatole le sache.

1969. Corinne vient voir Marceline à son spectacle de fin d'année, Anatole l'apprend, il se fâche. Il est sévère, mais n'interdit pas. Marceline continue à danser.

1973. Le temps passe encore. Les voisins de l'Impasse des Colibris ont décidé de faire pousser chacun des arbres dans le fond de leur jardin. En grandissant, les cyprès ont contribué à séparer les foyers, ils se voient toujours sur la place, mais les haies ont construit une barrière à leur amitié.

1976. Corinne a atteint l'âge des premières amourettes et confie à Marceline qu'elle est amoureuse d'un garçon plus âgé qu'elle, Philippe. Les deux femmes choisissent de ne pas en parler à Anatole. Ce dernier l'apprend et part réprimander sa fille et son amoureux à la sortie de l'école. Blessée par cet évènement, Corinne décide de partir vivre avec Philippe, car elle trouve ses parents trop étouffants.

La vie continue, même amère pour Marceline et Anatole. Ils appellent de temps en temps leur fille, qui veut travailler. Anatole est contre, mais elle finira par travailler au collège, trier des dossiers et accueillir les élèves.

1982. Corinne accouche d'un petit garçon nommé Grégoire.

Philippe a quitté Corinne qui déprime et revient vivre chez ses parents. Elle rencontre James, un restaurateur originaire d'Amérique, et accepte de le suivre dans son pays natal. Elle décide de s'en aller et de laisser Grégoire à ses parents.

1990. Grégoire rejoint sa maman aux USA.

23 juillet 1995. La date la plus précise et la plus tragique selon Marceline. Corinne est de retour à Trodilan pour fêter l'anniversaire de Didier, le futur maire de Trodilan. Elle est au volant avec James, Didier et Éric, ses amis d'enfance. Ils font un accident de voiture. Corinne et James s'en sortent avec de légères séquelles. Didier perd l'usage de ses jambes. Éric succombe à ses blessures. L'Impasse des Colibris vole en éclats.

Le présent

Au n° 1 de l'Impasse des Colibris, Marceline et Anatole – atteint de la maladie de Charcot – vaquent à leurs occupations habituelles. Ils apprennent soudainement par leur voisin Gustave que l'Impasse des Colibris va être rasée pour reconstruire sur ses débris une école. La décision vient tout droit de la mairie et de Didier.

Tous les voisins se réunissent pour discuter du sort de l'Impasse des Colibris. Leurs discussions se clôturent sur un consensus : ils ne vont pas se laisser faire. Réunis dans leur QG, ils s'expriment chacun sur les actions et astuces à mettre en place pour arrêter le projet de rasage de l'Impasse. C'est l'idée de Marceline qui l'emporte : appeler la mairie pour prendre un rendez-vous et discuter avec le maire. Grégoire, journaliste et petit-fils de Marceline et Anatole, a été contacté par Marius pour qu'il les aide dans leur entreprise et raconte leurs péripéties. Les voisins décident de se donner un nom de groupe : les Octagéniaux.

Les Octagéniaux rencontrent le maire qui refuse de céder à leur demande. Il ne changera pas d'avis, il veut raser l'Impasse des Colibris pour y construire une nouvelle école tournée vers la nature. On découvre que le maire est en fait Didier, le fils de Marie et André, qui ont habité au n° 6 de l'Impasse des Colibris jusqu'à la fin de leur vie.

Échec. Les voisins décident d'un nouveau plan d'action à mener. La méthode : multiplier les petites actions. Le but : user le maire jusqu'à l'abandon. Le nom de code : opération tête blanche.

Action n° 1 : Les Octagéniaux ont décidé d'acheter tous les pains et toutes les viennoiseries des trois boulangeries du coin. En les dévalisant, ils espèrent que le maire recevra des centaines de plaintes après cette action. De quoi donner un aperçu de ce dont ils sont capables.

Action n° 2 : Le maire a organisé un évènement formel pour valoriser davantage la commune à la communauté urbaine. L'occasion parfaite pour que les Octagéniaux lancent leur action. Ils crient haut et fort leurs plaintes et se lamentent sur la mauvaise gestion de la commune par le maire, qui finit par les chasser de l'évènement.

Action n° 3 : Les Octagéniaux tournent une vidéo de rap, sur base de l'idée des deux jeunes adolescents, dans laquelle ils demandent au maire de ne pas raser l'Impasse des Colibris. La vidéo de rap est virale et fait le buzz. Le journal télévisé de la région veut consacrer un reportage à la cause des Octagéniaux.

Action n° 4 : Les Octagéniaux envahissent un supermarché et multiplient les actions pour irriter les clients. Déjà
fort connus de la presse locale, ils réfléchissent à une
nouvelle action. Jean-Pierre Pernault les appelle, il veut
les recevoir au journal télévisé. On suit toutes les péripéties des voisins à Paris pour ce show télévisé.

Après leur passage à la TV, ils sont devenus des rocks
stars, tout le monde les interpelle dans la rue et tous les
médias se disputent pour les accueillir dans leur studio.
Didier convoque les Octagéniaux, sa décision est prise et
il ne revient pas dessus. Il ne rase pas l'impasse pour se
venger, il fait son rôle de maire et demande aux voisins
de bien considérer sa proposition.

Les Octagéniaux abandonnent, s'excusent, regrettent de
ne pas pouvoir remonter dans le temps et renouent leur
amitié. Tous heureux, ils se séparent et se disent au revoir
lors d'un dernier souper, chacun allant vers de nouveaux
horizons. L'Impasse des Colibris est rasée. Une nouvelle
école est construite.

ÉTUDE DES PERSONNAGES

La description des personnages dans le roman se fonde essentiellement sur leur personnalité, leur caractère et les émotions qu'ils ont ressenties lors d'évènements de vie. Les caractéristiques physiques de chacun d'entre eux sont très peu nombreuses et ne semblent pas les définir à proprement parler.

MARCELINE, L'HÉROÏNE DU ROMAN

Marceline Masson est le personnage principal de *Quand nos souvenirs viendront danser* et raconte son histoire depuis une narration omnisciente par le biais du « je » dans le roman. D'emblée, elle s'impose comme une femme moderne, pas toujours en phase avec son temps (les années 1950 et plus). En effet, elle refuse cette étiquette de femme au foyer que son entourage – surtout son mari – essaye de lui coller. Elle s'émancipe, suit des cours de danse contre la volonté de son époux, trouve un travail et éduque sa fille comme bon lui semble. Forte, indépendante et caractérielle, lorsque les malheurs de la vie l'accablent, elle montre ses faiblesses et revêt une sensibilité à fleur de peau.

En plus d'être émotive et attachante, Marceline est une femme et mère aimante avec beaucoup d'autodérision. Rattrapé par le temps et par la maladie d'Alzheimer, le personnage reste fidèle à soi-même et se moque de tous les inconvénients liés à la sénilité et à sa perte de mémoire, finissant même par en jouer.

Anatole, le mari dévoué

Anatole Masson est le mari de Marceline. Aux côtés de sa femme, il est très effacé, discret et absent. Et pour cause, on apprend rapidement qu'âgé, il souffre de la sclérose latérale amyotrophique (SLA), aussi appelée maladie de Charcot. Une dégénérescence neuronale qui fait qu'il n'est pas en état de s'imposer lors des réunions des Octagéniaux et de tenir tête à sa femme. Lorsqu'il était plus jeune, il travaillait beaucoup et ne partageait donc pas tous les moments de réflexions et de questionnements de sa femme. Mais il les accepte et se montre, lui aussi, très moderne pour un personnage de son temps et de son époque. Il accepte finalement que sa femme suive des cours de danse et finira même par l'accompagner et faire ses premiers pas sur scène avec elle. Anatole aime beaucoup Marceline et se prive moins de le montrer que sa femme.

Corinne, la fille rebelle

Corinne Masson est l'unique enfant de Marceline et d'Anatole. Très vite, la fougue et la soif de liberté l'animent : elle quitte le cocon familial à 17 ans, pour aller vivre avec son premier amour de jeunesse, laissant un vide indélébile dans le cœur de ses parents. Elle est très solitaire, fière et ne se confie pas facilement. Même lorsque son mari la quitte, elle préfère se fermer sur elle-même que d'en parler. Elle remplit moins bien son rôle de maman que Marceline, mais essaye tant bien que mal de s'occuper de Grégoire.

Corinne a en effet tendance à fuir ses responsabilités ainsi que les situations compliquées et les disputes. Après l'accident de voiture, elle a coupé les ponts avec ses parents pendant 5 ans. Elle est ensuite revenue, plus que jamais émue de revoir sa famille, qui reste, malgré tout, dans ses valeurs, quelque chose de sacré.

Grégoire, le petit-fils jovial

Grégoire est le fils de l'union entre Corinne et son deuxième mari, James. Journaliste de profession, il décide de venir en aide à sa grand-mère quand il apprend que l'Impasse des Colibris va être rasée. C'est une véritable bouffée d'air dans les péripéties des Octagéniaux. Il aime beaucoup sa grand-mère, il l'idéalise presque. Il regrette souvent que sa relation n'ait pas toujours été aussi forte que ce qu'il a créé maintenant. Lorsqu'il vivait aux États-Unis avec ses parents, il écrivait sporadiquement à Marceline et Anatole, qui en souffraient. Il leur ressemble : il a de l'humour et sait ce qu'il veut, il ne se prive pas de donner son avis et se montre très altruiste.

LES VOISINS, OU LA DEUXIÈME FAMILLE

Joséphine, la voisine haute en couleur

Joséphine, à l'instar de Marceline, est un personnage très touchant. Elle a perdu très tôt Gaston, son mari, qui n'a d'ailleurs pas pu lui donner d'enfants. Elle reste célibataire tout au long du roman et annonce, à la fin, en pleine fleur de l'âge, qu'elle a rencontré un autre homme qui l'a demandée en mariage. Lors des actions des Octagéniaux, elle présente une personnalité haute en couleur, décalée et comique. Elle ne sort par exemple jamais sans son justaucorps fétiche et est fière de le montrer à tout le monde. Elle s'est aussi retrouvée coincée au-dessus d'une grue lorsqu'elle a voulu, têtue comme elle peut être, mettre en place sa propre action pour empêcher le maire de raser son chez-soi.

Rosalie, la voisine frivole

Encore plus que Marceline et Joséphine, Rosalie incarne la femme libérée. Une sorte de Marylin Monroe à la française. Charmeuse et charmante, elle part vivre son rêve de danseuse aux États-Unis et jouit d'un grand succès. Elle revient s'installer définitivement à l'Impasse des Colibris et s'adonne à la profession de coiffeuse, friande de commérages. Malgré ses allées et venues, Rosalie a noué une forte amitié avec Marceline et l'incite à s'émanciper de son mari. Les deux femmes entretiennent une relation spéciale, Rosaline embrassera même une fois Marceline qui la repoussera. Elle est tiraillée entre ses sentiments et ce rejet. Elle finit par lui pardonner et renoue avec sa vieille amie.

Marius, le voisin blagueur

Marius est le leadeur des Octagéniaux et se définit comme tel. Il aime être le centre de l'attention et raconter de nombreuses blagues. Le personnage a enchainé les épouses et son entourage se plait à dire qu'il confond souvent son saxophone avec les femmes.

Gustave, le voisin discret

Gustave, à l'instar d'Anatole, est un personnage effacé et calme. Tout comme Joséphine, il a eu un parcours difficile. Il a perdu sa femme d'un cancer du sein, ensuite son fils, Éric, dans l'accident de voiture. Pour cette raison, sa fille Françoise ne lui adresse plus la parole. Il est seul. Mais lorsqu'il doit se battre pour ne pas être renvoyé de chez lui, une flamme se ranime en lui. Il retrouve du plaisir et le gout de la vie.

Didier, le maire prétentieux

Didier est le fils de Marie et André qui habitaient le n° 6 de l'Impasse des Colibris et a perdu l'usage de ses jambes à la suite de l'accident de voiture. C'est l'un des seuls dont les atouts physiques sont décrits par Marceline. Lorsqu'il était enfant, il avait une chevelure rousse, à l'instar de son chat, Abricot. Adulte, il devient maire et décide de raser son lieu d'enfance pour y construire une école. Il est assez prétentieux et snobe les Octagéniaux. La tragédie qu'il a vécue peut expliquer son attitude impassible et peu compréhensive.

CLÉS DE LECTURE

LE GENRE DE LA *CHICK LIT*

Quand nos souvenirs viendront danser présente de nombreuses similitudes avec la *chick lit*. Il s'agit d'un genre littéraire populaire apparu dans les années 1990 en Angleterre et aux États-Unis, et en France, dès 2000. Il accompagne le mouvement féministe de l'époque et réfute l'image de la femme victime, de la femme au foyer. Principalement caractérisé par une narration féminine, le genre de la *chick lit* aborde des thématiques récurrentes comme l'amour, le mariage, la vie de famille, l'homme idéal, etc., et opte pour un ton qui lui est spécifique : désinvolte marqué par un recul humoristique et/ou de l'autodérision.

La narration de *Quand nos souvenirs viendront danser* est 100 % féminine : Marceline, l'héroïne principale, raconte son passé et son présent en « je », au travers de ce qu'elle voit/a vu et ses pensées (focalisation interne). Le récit du passé – qui se repère dans le roman par une graphie en italique – commence dans les années 1950. Marceline, alors âgée de 20 ans, emménage avec Anatole, un homme qu'elle vient à peine de rencontrer et dont elle n'est pas certaine de l'amour qu'elle lui porte. Au fil des années, elle tombe amoureuse de lui, c'est l'« homme de sa vie ». Le couple est érigé en modèle par les autres personnages (et par le lecteur), un idéal que la *chick lit* aime également dépeindre. Tout au long du roman, la narratrice évoque leurs petits signes de tendresse, leur complicité ainsi que leurs disputes et leurs déboires. Elle confie leur difficulté à avoir un enfant et la tristesse qu'ils ont ressentie lorsque Corinne, leur jeune fille, a quitté prématurément le foyer pour vivre une amourette adolescente.

Outre la nostalgie romantique qui imprègne *Quand nos souvenirs viendront danser*, on retrouve également une autre caractéristique de la *chick lit* : la volonté de Marceline de s'émanciper de son rôle de femme soumise. Anatole travaille, elle s'ennuie. Elle veut trouver des hobbies. Elle décide par exemple de prendre des cours de danse avec sa voisine Rosalie contre l'avis de son mari, qui, finalement, finira par accepter et dansera même avec elle. Lorsque Marceline découvre que sa fille mineure à une relation avec un garçon d'une vingtaine d'années, elle garde le secret, prête à affronter la colère d'Anatole quand il le découvrira. Elle ose s'affirmer et se rebeller, à sa façon. Elle incarne la femme moderne et indépendante, un personnage très représentatif de la *chick lit*.

Dans le récit de son présent – dactylographié en graphie classique –, Marceline est plus âgée. Elle a grandi et porte un regard cynique et décalé sur le monde qui l'entoure. De nombreux passages du roman prêtent à rire. Notamment lorsque les résidents de l'Impasse des Colibris ont décidé de mener différentes actions en vue d'empêcher le maire de raser leurs maisons. Pour ce faire, ils multiplient les actions rocambolesques : razzia de boulangerie, mobilisation d'une grue, participation non souhaitée à une conférence, etc. Sous le nom des « Octagéniaux », les voisins entrent en contact avec deux adolescents qui leur font découvrir le monde de la génération Y : ils rapent, créent une page Facebook et passent à la télévision.

Au travers du regard de Marceline, non sans incompréhension et ironie, toutes ces aventures suscitent le rire, autre caractéristique propre à la narration de la *chick lit*.

Force est de constater que, de manière générale, c'est sur la différence de générations et la sénilité, qui peut transformer des situations quotidiennes en de véritables scènes humoristiques, que se fondent les principaux rouages du comique dans *Quand nos souvenirs viendront danser*.

Enfin, de nos jours, les romans *chick lit* sont facilement reconnaissables grâce à leur couverture « girly ». En effet, les éditeurs ont forgé une image *chick lit* par le biais de codes couleurs qu'ils donnent aux couvertures de leurs livres. La palette chromatique est très variée et vive. Les images sont rarement réelles : il s'agit plutôt d'illustrations, presque enfantines, représentant la plupart du temps une femme.

L'illustration de l'édition du *Livre de Poche* de *Quand nos souvenirs viendront danser* parle d'elle-même : sur un fond jaune vif, on peut voir un couple se tenant par la main, la femme à gauche, l'homme à droite, en train de danser. Une effusion de couleur et de légèreté, aux touches « girly ».

LA VIEILLESSE ET LA MALADIE D'ALZHEIMER

Quand nos souvenirs viendront danser fait la part belle à la vieillesse et à tous les inconvénients qu'elle implique. Il s'agit d'un thème central dans le roman.

Dans le récit de son présent (et un peu dans le récit de son passé), Marceline voit le temps passer et la sénilité pointer le bout de son nez. Elle revient par exemple sur la période où elle ne supportait plus Anatole, qui, une fois pensionné, passait ses journées à la maison à ne rien faire. Elle narre l'ennui et tous les problèmes de santé liés à l'obsolescence du corps. Difficulté à conduire, à monter les escaliers, les mains qui tremblent, l'immunité qui flanche, les maladies, etc.

Anatole incarne par excellence cette sénilité qui touche directement à l'état physique et mental de la personne. Il souffre de la SLA (Sclérose Latérale Amyotrophique), aussi connue sous le nom de « Maladie de Charcot ». Incurable, cette maladie dégénérative rend le personnage dépendant de son entourage. Il cumule les examens et les visites à l'hôpital et ne peut se déplacer seul. Sa femme a aménagé le rez-de-chaussée de leur maison pour qu'il puisse y vivre.

Marceline souffre, elle aussi, d'un mal incurable, caractéristique de la vieillesse, qu'on découvre petit à petit tout au long du roman : la maladie d'Alzheimer, soit une maladie dégénérative qui entraine la perte progressive et irréversible des fonctions mentales et de la mémoire. En fait, le lecteur pouvait deviner la maladie de Marceline dès le début du roman : en effet, *Quand nos souvenirs viendront danser* contient un prologue dans lequel le personnage confie que sur demande de son petit-fils, elle a commencé à écrire le récit de sa vie. Cette confession suggère que la narratrice écrit pour garder une trace de son vécu et pouvoir se le rappeler.

Dans cette optique, le livre peut s'interpréter comme l'effort de mémoire de Marceline qui essaye de lutter contre sa maladie, qui en est encore à un stade très peu avancé. En effet, les récits de son passé et de son présent sont encore vivaces et précis. Il y a même certains passages où Marceline confie qu'elle ne se rappelle pas ce qu'elle fait ou cette personne qu'elle a rencontrée, en pleine conscience.

Quand nos souvenirs viendront danser, extrait (pp. 173-174)

« Au fait, tu as retrouvé le cahier ? Me demande Grégoire.

– Quel cahier ?

– Le cahier de recettes que tu cherchais partout ce matin. Tu voulais faire un soufflé, tu disais que papy l'adorait et qu'elle avait une bonne recette, mais je n'ai pas compris de qui tu parlais.

Je ne réponds pas. Grégoire saisit. Je n'ai absolument aucun souvenir de cette conversation. Mais ce qui m'effraie le plus, c'est que de nouveaux signes apparaissent. »

Il est intéressant d'éclairer ce genre de roman de l'Alzheimer à la lumière des théories littéraires. Les spécialistes postulent notamment que le récit d'une telle maladie peut avoir un véritable effet sur la société et servir d'exemple.

Selon les théoriciens, le récit de la démence remplit aussi une fonction de légitimation. En retrouvant certaines de ses émotions et certains de ses affects, le lecteur est amené à mieux les accepter. Il y a une sorte de catharsis qui est présente dans *Quand nos souvenirs viendront danser*. En découvrant le récit de la perte de mémoire de Marceline et la façon dont il réagit, le lecteur (qu'il souffre ou nom de la maladie) est capable de se dire que d'autres personnes ont pu ressentir la même chose que lui, elles ont lu le même roman que lui. Il légitime son ressenti et s'en décharge.

Enfin, un tel roman permet aussi de rassembler les lecteurs autour d'un thème commun, la maladie d'Alzheimer, qui participe de la restauration d'un lien entre tous. Alors que bien souvent la démence opère seule et contribue à isoler, à rompre les liens familiaux, sa narration la rend collective.

LA STRUCTURE TEMPORELLE

Dans *Quand nos souvenirs viendront danser*, comme déjà évoqué plus haut dans le texte, la structure temporelle est particulière. Il y a deux temporalités qui s'entremêlent : celle du passé et celle du présent. Chacune est importante, car elle permet de comprendre pleinement le récit de la vie de Marceline, de cerner ce qu'il s'est passé le fameux jour où « l'Impasse des Colibris a volé en éclats ». Sans le passé, il est difficile de comprendre le présent.

Dans le roman, le récit du passé consiste en des flash-backs (ou analepses) plus ou moins longs qui viennent perturber le récit du présent, qui s'arrête le temps de quelques pages. Force est de constater que, paradoxalement, l'histoire du passé est narrée avec plus de précisions que celle du présent, bien qu'il s'agisse d'une période révolue. En effet, il y a une série d'années (allant de 1950 à 1995) qui viennent structurer le récit et l'inscrire dans une temporalité chronologique.

En revanche, l'histoire du présent et sa chronologie obéissent à l'organisation en chapitres numérotés du livre, qui permettent de suivre les aventures de Marceline et des Octagéniaux. Il n'y a pas de datation précise, mais quelques adverbes de temps (« ce matin », « aujourd'hui », « demain », etc.) qui viennent temporaliser l'histoire sans pour autant l'inscrire dans une ligne du temps chronologique et claire. Autrement dit, deux évènements qui ont lieu dans le récit du présent de *Quand nos souvenirs viendront danser* – prenons par exemple l'action n° 1 à la boulangerie et l'action n° 4 au supermarché – pourraient être interchangés. La temporalité reste floue. Même à la fin du livre, lorsque l'école a été construite sur l'Impasse des Colibris, le lecteur déduit que des années ont passé, sans que le texte ne le lui dise explicitement.

Globalement, cette structure temporelle particulière oriente la manière dont le lecteur lit le roman et l'interprète. Avec un récit du passé ancré dans une temporalité définie, il est possible de se figurer l'époque et l'ambiance qui y règne. Tandis que le récit du présent, avec peu de repères temporels, laisse la place à la spéculation et à l'imagination.

En outre, la double temporalité du roman peut s'expliquer tout simplement par le fait que la narratrice même souffre de la maladie d'Alzheimer, dans le récit du présent, ce qui ne lui permet donc pas de cerner son environnement dans les détails et d'inscrire la narration de sa vie dans une suite chronologique et sensée. À cause de sa maladie, Marceline a perdu, entre autres, le décompte du fil des jours. Le récit du passé, lui, concerne l'époque où l'héroïne n'était pas encore atteinte de cette démence et fait l'objet d'un exercice de mémoire et de concentration de la narratrice, ce qui peut donc expliquer la précision de ses balises temporelles.

Enfin, il ne faut pas oublier que ce roman, même s'il s'inspire de faits réels, se définit principalement comme un récit de fiction dans lequel il est possible d'emmener le lecteur loin de la réalité et de le laisser se perdre dans un marasme temporel.

PISTES DE RÉFLEXION

QUELQUES QUESTIONS
POUR APPROFONDIR SA RÉFLEXION...

- Les éléments clés de l'histoire sont dévoilés selon la volonté du narrateur (et de l'écrivain) au fur et à mesure du roman. De quel type de narrateur est-il question et quelles sont ses spécificités dans le roman ?

- La vieillesse et la maladie d'Alzheimer sont au cœur du roman. Pouvez-vous analyser les points communs et les différences avec *Tout le bleu du ciel* de Mélissa da Costa ou *Je ne suis pas sortie de ma nuit* d'Annie Ernaux, deux autres romans féminins qui parlent aussi de la maladie d'Alzheimer ?

- Les va-et-vient entre le passé et le présent viennent perturber la structure linéaire et narrative de l'histoire de Marceline. Dans l'analyse ci-dessus, deux temporalités ont été identifiées : le récit du passé et le récit du présent. Comparez ces deux récits tant sur le fond que sur la forme.

- Les flashbacks sont une pratique répandue dans la narration littéraire. Identifiez les mécanismes sur lesquels ils se fondent dans le roman.

- Peut-on dire que toute la partie du roman où Marceline revient sur son passé est semblable au genre du journal intime ? Quelles sont les caractéristiques de ce genre subjectif ?

- En quoi ce roman peut-il rentrer dans la catégorie « Littérature *feel good* », appellation répandue dans les médias ?

- Le roman est ponctué d'humour et d'ironie. Pouvez-vous identifier quelques extraits/passages où l'effet comique est opérant ? Quels sont les ingrédients de la réussite de l'effet comique ?

- Pouvez-vous identifier des points communs et des différences entre Virginie Grimaldi et les autres roman-cières de son époque ?

- Qu'est-ce qui selon vous différencie/rapproche l'œuvre de Virginie Grimaldi de celle des écrivains masculins comme Guillaume Musso ou Marc Lévy ?

POUR ALLER PLUS LOIN

ÉDITION DE RÉFÉRENCE

- GRIMALDI V., *Quand nos souvenirs viendront danser*, Paris, Fayard, Livre de Poche, 2019, 345 p.

ÉTUDES DE RÉFÉRENCE

- ASBL – LA LIGUE ALZHEIMER, site officiel, consulté le 6 novembre 2021. URL : https://alzheimer.be/la-maladie-dalzheimer/

- CAROBOOKINE, *Interview rieuse avec Virginie Grimaldi*, 2016, consulté le 7 décembre 2021. URL : https://caro-bookine.com/interview-rieuse-avec-virginie-grimaldi/

- « *Chick lit* », in *www.larousse.fr*, consulté le 6 novembre 2021. URL : https://www.larousse.fr/encyclopedie/divers/chick_lit/184852

- GRIMALDI V., site officiel, consulté le 6 novembre 2021. URL : https://virginiegrimaldi.com/

- OLIVIER S., *La Chick lit ou les mémoires d'une jeune femme « dérangée »*, Belphégor : Littérature Populaire et Culture Médiatique, 2007, consulté le 6 novembre 2021. URL : https://dalspace.library.dal.ca/handle/10222/47743

- TALPIN J.-M. & TALPIN-JARRIGE O., *L'Entrée en littérature de la démence de type Alzheimer* in « Gérontologie et société », 2005, n° 114, vol.28, pp. 59-73, consulté en ligne le 6 novembre 2021. URL : https://www.cairn.info/revue-gerontologie-et-societe1-2005-3-page-59.htm

lePetitLittéraire.fr

- un résumé complet de l'intrigue ;
- une étude des personnages principaux ;
- une analyse des thématiques principales ;
- une dizaine de pistes de réflexion.

**Retrouvez
notre offre complète sur**
lePetitLittéraire.fr

L'éditeur veille à la fiabilité des informations publiées,
lesquelles ne pourraient toutefois engager sa responsabilité.

www.lepetitlitteraire.fr

ISBN version numérique : 9782808024037
ISBN version papier : 9782808024044
Dépôt légal : D/2021/12603/41

Conception numérique : Primento,
le partenaire numérique des éditeurs.